Gefährliches Spiel

Theodor Fontane

Wir hatten in Swinemünde verschiedene Spielplätze. Der uns liebste war aber wohl der am Bollwerk, und zwar gerade da, wo die von unserem Hause abzweigende Seitenstraße einmündete. Die ganze Stelle war sehr malerisch, besonders auch im Winter, wo hier die festgelegten, ihrer Obermasten entkleideten Schiffe lagen, oft drei hintereinander, also bis ziemlich weit in den Strom hinein. Uns hier am Bollwerk herumzutummeln und auf den ausgespannten Tauen, so weit sie dicht über dem Erdboden hinliefen, unsere Seiltänzerkünste zu üben, war uns gestattet, und nur eines stand unter Verbot: Wir durften nicht auf die Schiffe gehen und am wenigsten die Strickleiter hinauf bis in den Mastkorb klettern. Ein sehr vernünftiges Verbot. Aber je vernünftiger es war, desto größer war unser Verlangen, es zu übertreten, und bei »Räuber und Wandersmann«, das wir alle sehr liebten, verstand sich diese Übertretung beinahe von selbst. Entdeckung lag überdies außerhalb der Wahrscheinlichkeit; die Eltern waren entweder bei ihrer »Partie« oder zu Tisch eingeladen. »Also nur vorwärts. Und petzt einer, so kommt er noch schlimmer weg als wir.«

So dachten wir auch eines Sonntags im April 1831. Es muß um diese Jahreszeit gewesen sein, weil mir noch der klare und kalte Luftstrom deutlich vor Augen steht. Auf dem Schiff war keine Spur von Leben und am Bollwerk keine Menschenseele zu sehen.

Ich, als der älteste und stärkste, war natürlich Räuber, und acht oder zehn kleinere Jungens – unter denen nur ein einziger, Fritz Ehrlich, es einigermaßen mit mir aufnehmen konnte – waren schon vom Kirchplatz her, wo wie gewöhnlich die Jagd begonnen hatte, dicht hinter mir her. Ziemlich abgejagt kam ich am Bollwerk an, und weil es hier keinen anderen Ausweg für mich gab, lief ich über eine breite und feste Bohlenlage fort auf das zunächst liegende Schiff hinauf.

Die ganze Meute mir nach, was natürlich zur Folge hatte, daß ich vom ersten Schiff bald aufs zweite und vom zweiten aufs dritte mußte. Da ging es nun nicht weiter, und wenn ich mich meiner Feinde trotzdem erwehren wollte, so blieb mir nichts anderes übrig, als auf dem Schiff selbst nach einem Versteck oder wenigstens nach einer schwer zugänglichen Stelle zu suchen. Und ich fand auch so was und kletterte auf den etwa mannshohen, neben der Kajüte befindlichen Oberbau hinauf, darin sich neben anderen Räumlichkeiten gemeinhin auch die Schiffsküche zu befinden pflegte. Etliche in der steilen Wandung eingelegte Stufen erleichterten es mir. Und da stand ich nun oben, momentan geborgen, und sah als Sieger auf meine Verfolger. Aber das Siegergefühl konnte nicht lange dauern; die Stufen waren wie für mich, so auch für andre da, und in kürzester Frist stand Fritz Ehrlich ebenfalls oben. Ich war verloren, wenn ich nicht auch jetzt noch einen Ausweg fand, und mit aller Kraft und, soweit der schmale Raum es zuließ, einen Anlauf nehmend, sprang ich von dem Küchenbau her über die zwischenliegende Wasserspalte hinweg auf das zweite Schiff zurück und jagte nun, wie von allen Furien verfolgt, wieder aufs Ufer zu. Und nun hatt' ich's, und den Freiplatz vor unserm Haus zu gewinnen, war nur noch ein kleines für mich. Aber ich sollte meiner Freude darüber nicht lange froh werden, denn im selben Augenblick fast, wo ich wieder festen Boden unter meinen Füßen hatte, hörte ich auch schon von dem dritten und zweiten Schiff her ein jämmerliches Schreien und dazwischen meinen Namen, so daß ich wohl merkte, da müsse was passiert sein. Und so schnell wie **ich** eben über die polternde Bohlenlage ans Ufer gekommen, ebenso schnell ging es wieder über dieselbe zurück.

Es war höchste Zeit. Fritz Ehrlich hatte mir den Sprung von der Küche her nachmachen wollen und war dabei, weil er zu kurz sprang, in die zwischen dem dritten und zweiten Schiff befindliche Wasserspalte gefallen. Da steckte nun der arme Junge, mit seinen Nägeln in die Schiffsritzen hineingreifend; denn an Schwimmen, wenn er überhaupt schwimmen konnte, war nicht zu denken. Dazu das eiskalte Wasser. Ihn von oben her so ohne weiteres zu erreichen, war unmöglich, und so griff ich denn nach einem von der einen Strickleiter etwas herabhängenden Tau und ließ mich, meinen Körper durch allerlei Künste und Möglichkeiten verlängernd, an der Schiffswand so weit herab, daß Fritz Ehrlich meinen am weitesten nach unten reisenden linken Fuß gerade noch fassen konnte. Oben hielt ich mich mit der rechten Hand. »Pack zu, Fritz!« Aber der brave Junge, der wohl einsehen mochte, daß wir beide verloren waren, wenn er wirklich fest zupackte, beschränkte sich darauf, seine Hand leise auf meine Stiefelspitze zu legen, und so wenig dies war, so war es doch gerade genug für ihn, sich über Wasser zu halten. Er blieb in der Schwebe, bis Leute vom Ufer herankamen und ihm einen Bootshaken herunterreichten, während andere ein Boot losmachten und in den Zwischenraum hineinfuhren, um ihn da herauszufischen. Ich meinerseits war in dem Augenblick, wo der rettende Bootshaken kam, von einem mir Unbekannten von oben her am Kragen gepackt und mit einem strammen Ruck wieder auf Deck gehoben worden. Von Vorwürfen, die sonst bei solchen Gelegenheiten nicht ausbleiben, war diesmal keine Rede. Den triefenden, von Schüttelfrost gepackten Fritz Ehrlich brachten die Leute nach einem ganz in der Nähe gelegenen Hause, während wir anderen in kleinlauter Stimmung unsern Heimweg antraten. Ich freilich auch gehoben, trotzdem ich wenig Gutes von der Zukunft erwartete. – Meine Befürchtungen erfüllten sich aber nicht. Im Gegenteil.

Am andern Vormittag, als ich in die Schule wollte, stand mein Vater schon im Hausflur und hielt mich fest, denn der

Nachbar Pietzker hatte wieder geplaudert. Freilich mehr denn je in guter Absicht.

»Habe von der Geschichte gehört...«, sagte mein Vater. »Alle Wetter, daß du nicht gehorchen kannst. Aber es soll hingehen, weil du dich gut benommen hast. Weiß alles. Pietzker drüben...« Und damit war ich entlassen.

Wie gern denk' ich daran zurück, nicht um mich in meiner Heldentat zu sonnen, sondern in Dank und Liebe zu meinem Vater.